張小嫻
AMY CHEUNG
愛情王國

談一場不分手的戀愛

Never breaking up

Selected Prose of Amy Cheung

張小嫻

Contents

Part One 你／妳就是我的最愛嗎？

Part Two 如何讓他離不開妳？

Part Three 別怕戀愛低潮期

Part Four 永遠相信愛情

One Part

Selected Prose of Amy Cheung

你／妳就是我的最愛嗎？

他是那個命中注定的人？

生命中是否會有一個人，
當妳第一眼看到他時，妳已經知道，就是他了。
這時，妳微笑的眼睛望著他，
篤定地說：「你哪裡都別想再去了！」

妳問：「這個世界上，一定會有那麼一個人嗎？一個對的人。」
即使沒有那個人，首先讓自己成為一個對的人吧。

嗯，當真命天子出現，我突然就明白，
從前喜歡過或是以為自己愛過的那些人，不過是歷練，
使我長大和蛻變，一切一切，
都是為了恭迎你的出場。
你早已經在時間的另一端等著我。我們的相逢，天意常在。

愛情就是，希望有個人看出我的逞強？

愛情就是，希望有個人看出我的逞強？

❁

希望有個人，在我嘴裡說沒事的時候，看出我不是真的沒事；
有個人，在我強顏歡笑的時候，知道我不是真的開心；
也是這個人，在我拚了命憋住眼淚的時候，偏偏挨過來摸摸我的頭，對我說：「別哭，別哭。」結果害我把臉埋在他身上唏哩嘩啦哭得更慘，卻也不會生他的氣。
愛情是什麼？不就是有個人……

❁

愛和安全感不見得只能夠求諸別人；
求諸別人，總難免會有傷心失望零落的時刻，
首先求諸自己吧，然後你會得到更多。

什麼男人最可愛？

當一個男人眼裡閃爍著智慧的光芒，
就是他最性感最可愛的一刻。
那一刻，妳不得不含笑承認，
這段愛情裡所有的顛簸、所有的痛苦，都是值得的，
因為他從來沒有要妳裝傻，
他提昇了妳，他開了妳的眼界，他改變了妳的人生。
那是一個笨男人不管多麼愛妳，
窮一生也無法給妳的東西。

男人不胖不瘦，有一層薄薄的肥油，最是可愛，
可以把他當作暖包；
吃火鍋時，可以點很多菜，
吃不完的統統給他吃，反正他都有一層肥油了。
一層肥油剛剛好，再多就變成五花肉了。
那層肥油要能平均分配，不能都在胸部，
胸部的肥油留給我好了。
肚子倒是可以分到多一些，
搭車要站著時正好給我當扶手用。

女人真的沒邏輯嗎？

是誰說女人沒邏輯？
怎能因為我們的邏輯跟男人不一樣就說我們沒邏輯呢？
邏輯肯定是有的，
要看對象是誰。
當然，
也要看心情。

男朋友／女朋友？

男朋友是：
妳愛他比任何人都要多，
有時候卻又好像恨他比任何人也要多；
妳把最多的思念留給他，
也把最多的眼淚留給他。

女朋友是：
你絕不想她跟別人結婚，
可她想你跟她結婚的時候，
你卻又會害怕。
她把最多的思念留給你，
你卻害她流最多的眼淚。

妳爲何需要一個男朋友？

❁

男朋友的好處是：
吃飯時，妳不吃的，給他吃；
妳吃不完的，給他吃；
你們兩個都喜歡吃的，他讓給妳吃，然後看著妳吃，
妳吃得高興他也高興，暗暗等著妳良心發現，分他一口。
至於妳會不會良心發現，要看那東西有多好吃，
會不會好吃得挨一個巴掌也不願放口，更別說小小的良心了。

❁

男朋友是要來支持環保的。
妳用不完的洗面乳、面膜、洗髮精、潤膚乳和沐浴乳都可以塞給他用，那妳就可以再買一些新的。
男朋友也是要來欺負的；
但是，普天之下，只有妳可以欺負他，他也只肯讓妳欺負；
妳還可以一邊欺負他一邊逼他說：
「快說我沒欺負你！快說我對你很好！」

你為何需要一個女朋友？

✡

女朋友是要來明白世上除了男人之外，
原來還有一種兩腳動物，是你窮畢生的聰明才智也無法理解的。
你不能把她吃掉，卻也不能不理她，你只能愛她。
愛她的方法很簡單：溺愛，溺愛，然後還是溺愛。

✡

女朋友是要來自尋煩惱的，有的時候，你覺得沒有自由；
沒有的時候，你又覺得這樣的自由太孤單。
女朋友也是要來心軟的，愛上了她，你才發現，
原來你不是鐵石心腸的，原來你還是很害怕女人哭。

✡

女朋友是要來明白寒冷也可以是幸福的。
嚴寒的冬夜，她把凍僵了的腳丫擱在你肚子上取暖，
你慘叫、你掙扎，然後不再掙扎，
用手捂住她兩隻腳幫她暖腳，學著做為一台人肉暖爐的幸福；
也是在這一刻，你看到了男性的光輝，情不自禁被自己感動了。
愛情就是寒夜裡兩個人之間這麼微小而甜蜜的溫存。

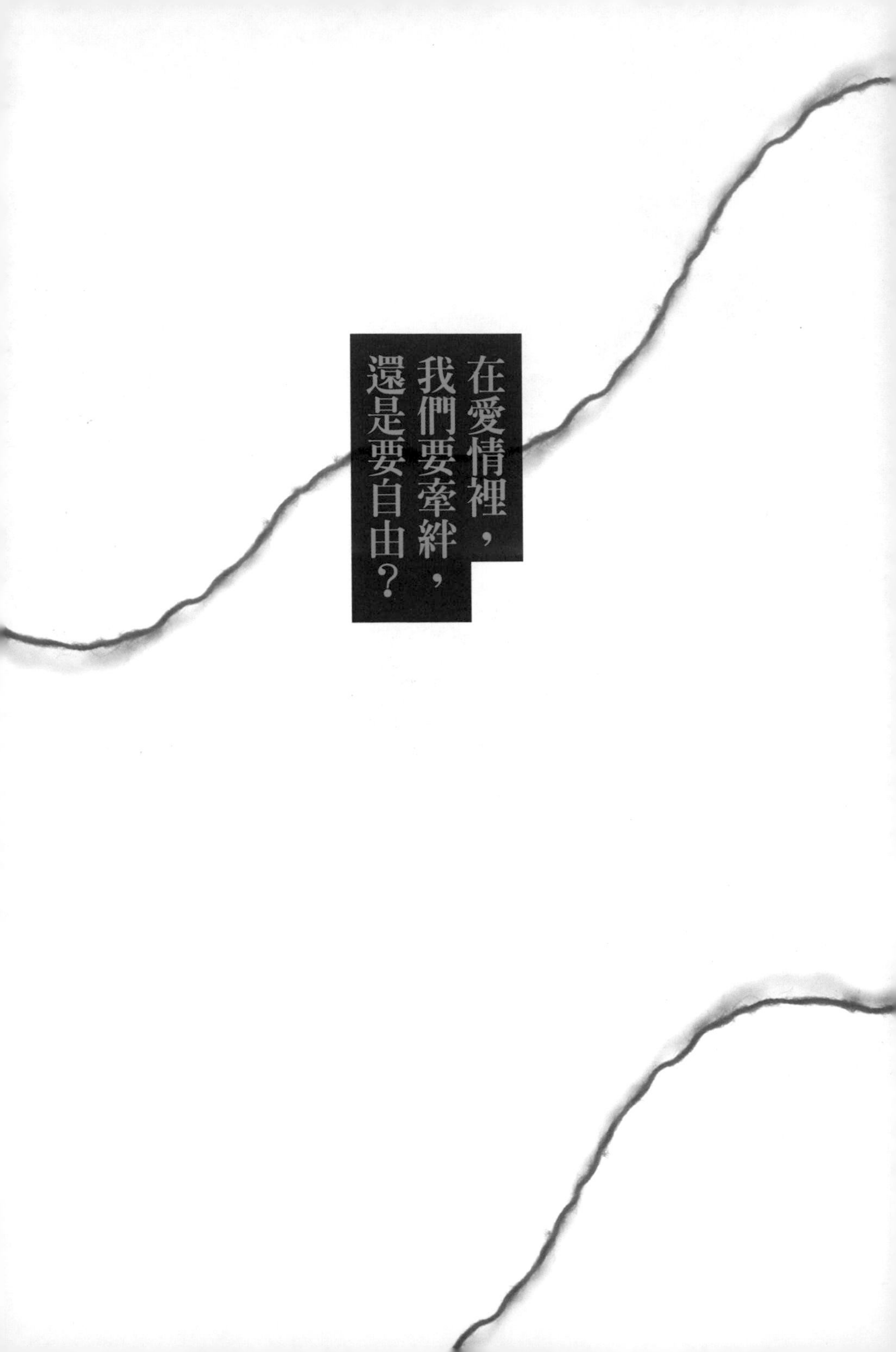

在愛情裡，
我們要牽絆，
還是要自由？

甘願為他放棄工作機會、
放棄跟朋友和家人的相聚，
卻也覺得失去自我，
有時會憧憬沒有牽絆的日子；
然而，當他離開了，自由突然降臨，
我們卻不懂如何展翅飛翔。
而今想去哪裡都可以，卻又哪裡都不想去。
那些曾經的憧憬、那些為他放棄過的自由，
都變得沒有意義了。
我們追求的到底是情愛的牽絆還是自由？

如何知道自己愛上他？

愛上一個人的時候，就是很想對他好；
也是從那一刻開始，才懂得怎樣對一個人好。

當你對我擺出一張臭臉的時候，我比較不愛你。
當你固執又自以為是的時候，我比較不愛你。
當你不肯讓我一下的時候，我比較不愛你。
但是，總的來說，我愛你。最愛你了。

下雨天或是暴風雨來臨的前夕，
低氣壓會使香味散播得更快，
濕度也加強了人類的嗅覺，
這時候，香水的氣味會比平日更香。
妳的香水可以省著用，擦一點點就夠了。
大自然的雨露已經為妳提香。妳愛的那個男人，
這時候也會變得特別好聞。
雖然從來就說不出他是什麼氣味的，
但是，妳的鼻子永遠認得那就是他。

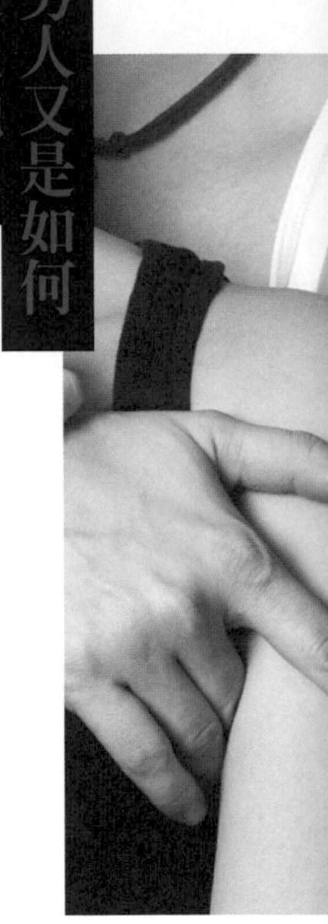

男人又是如何愛上她？

看到她流著口水睡得像豬的樣子，
你還是很想和她在一起；
看到她哭得唏哩嘩啦一把眼淚一把鼻涕，
而且不小心吃了自己的鼻涕，
你竟然還是覺得她很漂亮，也很衛生，
你只想餘生跟她度過。
天哪！那不但是人類的極限，
也是人類美感的極限。你真的很愛她。

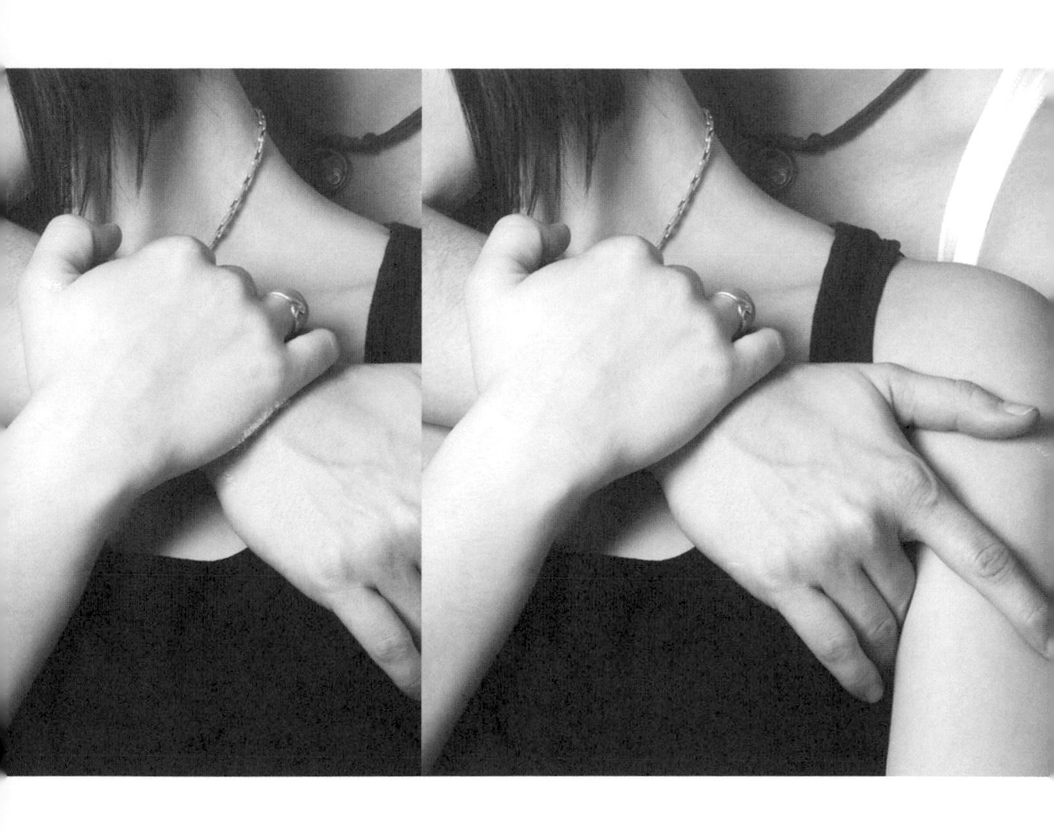

世上究竟有沒有完美情人？

世上究竟有沒有完美情人？

✡

愛情不是去愛一個完美的人，而是去接受他和我一樣，是個不完美的人。
我們都不完美，都有太多的缺點；
然而，也正是這些不完美、是愛情的千古荒涼與滿目瘡痍使我心懷感激，
伸出一雙震顫的手去撫愛那個看到我所有缺點卻依然如此愛我、
甘願和我相依相伴的人。

✡

嗯，愛對一個人，人生就等於做對了大部分的事情，
這是走了迂迴曲折的路才能夠深深體會。
曾經的錯愛也不是毫無意義的，那是一個過程。
一天，遇上對的人，幡然醒悟，人生是可以這樣過的。

愛上一個人，就像奴隸獸？

愛上一個人的時候，多麼像奴隸獸？
可我們到底是一頭自由的奴隸獸，專屬於我們深愛的那個人，
甘之如飴地被他牽絆，微笑著遛著彼此的影子？
抑或，我們是一頭不自由的奴隸獸，太愛你了，
只好被你牽絆，情深一往地遛著你的影子，
緊緊跟著你，生怕你把我丟下，不肯成為我的牽絆，
也不肯讓我成為你的牽絆。

相愛的人，應該把
自己的秘密毫無保
留地告訴對方？

✡

有些話，是早說的好；
有些話，是不說的好。
人生總有無法不說謊的時候，也有無法不沉默的時候。
有些話不想說，就像有些秘密和心事只想埋藏在心底，
自己一個人知道。
藏起來又不會被蟲蛀，有什麼好怕的呢？
說了出口，卻像出籠的鳥兒，追不回來了。

✡

愛情開始的時候不都是這樣嗎？
曖昧不明、若即若離、患得患失，戀愛盡皆如此。
可是，一旦愛上了，全給你看穿，也就沒轍了。
誰愛得更多，誰就被對方收服。

男人／女人到底想要什麼？

男人／女人到底想要什麼？

✡

無論他看起來想要什麼，
無論他是成功或者失敗、強大或者弱小；
無論他透過什麼方式來得到，
這輩子，征戰沙場，萬轉千迴，
他想要的也許終歸只有兩樣東西：權力與臣服。

✡

女人到底想要什麼？答案還不簡單嗎？
無論她看起來想要什麼，她想要的終歸只有兩樣東西：
很多的愛和很多的安全感。

懶惰的戀人最幸福？

懶惰的戀人最幸福？

愛是累人的，曾經那樣愛著一個人，
到頭來還是失去了，那倒不如讓別人來愛你。
做一個懶惰的戀人，也是一件幸福的事情。
從今以後，被人愛著寵著，被人捧在掌心裡遷就與呵護，
從他身上看到從前那個情深一往、苦苦被愛牽絆著的自己，
終於知道，愛是沒有絕對公平的，
哪裡有幸福的時光，哪裡也有遺憾。

隨便找個人來愛，可以嗎？

❁

愛是珍貴的，豈是可以隨便找個人來愛？
寧願高傲地發霉，也不要湊合著過日子。
寧缺勿濫的，都是猛士，敢於直面孤單的人生，敢於正視旁人的目光。

✿

愛我的，我不一定愛。
不愛我的，我絕對不愛；
即使愛，也給自己一個期限，期限一到就死心。
我大好一個人，何苦栽在一段沒希望的愛戀裡？

✿

愛情終究是兩廂情願的事，你留不住一個不愛你的人；
你也不會願意留住一個已經不愛你、只是可憐你的人。

✿

不愛就是不愛，不是不知道他的好，
不是不明白他的情意，也不是不想愛上他，可就是愛不上。
一遍又一遍跟自己說：「要是能夠愛上他，該有多好！是會幸福的啊！」
愛的為什麼偏偏是對自己沒那麼好的那人？
為了沒辦法愛上這麼好的他而哭得一塌糊塗的長夜，
也許不是對他的歉疚，而是對自己的責備。

男人和女人
可以只做朋友，
不做情人？

男人和女人之間，沒有喜歡和好感、沒有欣賞和投契、
沒有無數長夜裡推心置腹的談話，根本做不成好朋友。
只做朋友，不做情人，理由太多，
就像人間煙火，滿目繽紛，
這一生，我們擁有許多美麗的相逢，
我們愛的，不只一個人，
一起終老的，卻只能夠是緣分最深的那個人；
其他的，惟有黯然退下。

單戀也是愛情嗎？

單戀也是愛情嗎？

單戀也是愛情吧？
只是，這種愛情與人無尤。
愛你是我一個人的事，我自己回答自己，
自己榮耀自己，自己呼應自己。
在我悄悄單戀著的那個人身後，我多麼像個寂寞的影子？
時而甜蜜，時而苦澀。那不是懦弱，那是不被允許的愛情；
於是，我只能選擇沉默。

我只愛愛我的人，
因為我不懂怎樣去愛一個不愛我的人，是完全不知道從何著手。
他愛你，什麼都容易，他會來感動你。
他不愛你，你多麼努力去感動他，也是徒勞的。
我愛不起不愛我的人，我的青春也愛不起。
我的微笑我的眼淚我的深情我年輕的日子只為我愛也愛我的那個人揮擲，
是他讓我知道，相思總比單思好。

所有單向的愛情，是不是終歸也會有悄然落幕的一天？
所有寂寞的影子，是不是終究走不出黑夜之後的黎明？
我愛你，可以跟你無關；可是，我希望它是跟你有關的。

你不愛的那個人
對你說「我愛你」，
怎麼回答？

1.「噢，謝謝你，但我不適合你。」

2.「可是，我不愛你。」

3.「我會記住曾有一個人這樣對我說。」

4.「以後再說吧。」

5.「你會找到一個比我好的。」

而其實，你最想說的會不會是這一句：

「為什麼是你而不是他對我說愛我？」

重遇被我拋棄的他，
竟覺得絲絲遺憾？

❁

選擇了A，有時會想：跟B一起的人生會是怎樣？
選擇了B，不免會想：跟A一起的人生又會是怎樣？
幸福的時候會想，不幸福的時候想得更多。
可是，既然選擇了其中一人，
也就不會知道跟另一個人一起過日子有什麼不同。
這就是人生，你永遠看不到那片你沒有選擇的風景；
何況，那都已經是別人的風景了。

❁

既然未曾擁有，又怎知道它有多好？
因為錯過了，所以，當我們覺得不幸福的時候，
總會為那段錯過了的感情和那個錯過了的人加入許多幻想和詩意。
念念不忘的，不過是自己想像的畫面。

為著所愛的人，應當堅持下去嗎？

嗯，愛是一種意志。
我要有多麼的堅定，
才可以抵抗世事的無常與人心的軟弱，
雖曾失望卻未肯離去，
雖然流過眼淚卻一直知道你的好，
始終守候在你身邊，始終愛著你。

不到最後一刻，千萬別放棄。
最後得到的好東西，不是幸運；
有時候，必須有前面的苦心經營，
才有後面的偶然相遇。

都說「在哪裡跌倒，就在哪裡爬起來。」
可是，短跑不過別人，
說不定是百米跨欄的天才；
唱歌不是最好的，卻也許是一流的演員。
他不珍惜你，自有珍惜你的人。
何必那麼死心眼那麼固執，
硬是要在跌倒的地方爬起來？
要是我在哪裡跌倒，
我就趕快到別的地方爬起來。

可以用愛感動一個
不愛我的人嗎？

愛一個人是很卑微很卑微的，假使對方不愛你的話。
我不介意卑微，但我要在偉大的事物面前卑微，
而不是在沒有應答的愛情面前卑微。

要感動一個愛你的人太容易了，要感動一個不愛你的人，卻是千古艱難。
真的，何事苦勾留？那麼想要得到一個人的愛，只因為你得不到，
此時此刻，你看到的一切都是美好的。

愛一個人，可以是自己的事，與人無尤。
這樣的愛情，自己回答自己，自己滿足自己。
心碎的時候，請不要哼一聲，默默俯身，把散落一地的碎片撿起來嵌回去，
然後咬著牙笑笑，長歌當哭。
愛上一個不愛你的人，理當如此，你又不是不知道的。

對不愛你的人該說什麼話？

對不愛你的人該說什麼話？

✿

是啊！愛一個人，他不愛你，
就把這份愛默默藏在心底吧。
一廂情願地頭破血流、肝腦塗地，
硬要對方知道你的愛你的苦你的偉大，
那是對別人的騷擾，這不是愛，而是佔有。
多少悲劇由此而產生？

✿

你愛的人當時沒有愛上你，
甚至不把你放在眼裡，也許是你的福氣。

那時候，你對自己說，
只要他愛你，你什麼都願意。
然而，後來的一天，
你會由衷感謝他不愛你、感謝他放過你。
要是你愛他的時候他也愛你，
他就是你以後的人生，
你決不會擁有今天的一切。

❁

每個人也許都愛過不愛他的人，
永遠忘不了那時掉過的眼淚和受過的委屈。
許多年後，回頭再看，他又有哪一點配得上我？
在人生的長途比賽中，
我是比他當時喜歡的任何一個人都要優秀許多，
只是他不懂我的好。
多傻啊！那時為什麼沒有告訴他：
「你總有愛我的一天，
但是，到了那天，我早已經不愛你了。」

恨晚的相逢，
是錯愛？

在對的時間出現的，不可能是錯的人；
在錯的時間出現的，也不可能是對的人。
所謂對錯，也許只是毫無意義的感嘆，甚至只是一個藉口。
你對了，時間也就對了。

你遇上一個人，你愛他多一點，那麼，你始終會失去他。
然後，你遇上另一個人，他愛你多一點，那麼，你早晚會離開他。
直到一天，你遇到一個人，你們彼此相愛。
終於你明白，所有的尋覓，也有一個過程。從前在天涯，而今咫尺。

一切事物，包括感情，也有它最好的時機。某年某天某一刻，你很想對他說：
「我愛你。」可是，他臉上的神情似乎沒有準備好聽到這句話，
一瞬間，說到唇邊的話消逝了。以後的以後，或許再也不會說了。

愛情開始的時候，把天涯變成了咫尺；結束的時候，卻又把咫尺變成了天涯。

看著剛遇見的他，為何總覺得似曾相識？

de ja vu 本來是醫學名詞，意思是似曾相識。
有時候，我們會突然發現，
此時此刻身處的情景、所見的人、所說的話，甚至所做的事，
好像很久以前就已經經歷過了。
現在愛著的人，又是不是很久以前已經愛過？
只是了無記憶。我們是不是不停重演著過去的一些片段？
愛著前塵舊事裡的故人？

我們愛上的人，都不是偶然的，愛我和我愛的，
無論他們給我的是快樂還是痛苦，都是來度我的，
使我覺悟無常，也使我明白世間的悲歡離合。
最難捨的，終究是情。
明知道萬有皆空，卻還是禁不住依依回首這片紅塵裡的那一場相遇。
心中有不捨的人，是多麼心碎的幸福。

要愛情還是要現實？

✡

一開始明明是想要愛情，後來卻也想要錢；
一開始明明是想要錢，後來卻也想要愛情……
這是不是許多女人永恆的矛盾和痛苦的根源？
我們總以為愛情比金錢高尚得多，卻不肯承認這兩樣都是欲望。
無論想要的是哪一樣，永不厭足，
也就永遠在欲望的茫茫苦海中輪迴。

曾經以為，是夢美化了現實，
而今知道，是現實美化了所有的夢。
如許現實，惟有抱著夢肆意飛翔。
漸漸地，彷彿夢是真的，現實倒是假的，
我們毫不臉紅地無視眼前的現實，作著各種美夢，
就這樣在現實的邊邊一路擠過去。
夢醒何處？是不要醒來得好。

我以為愛情可以克服一切，誰知道它有時毫無力量。我以為愛情可以填滿人生的遺憾，然而，製造更多遺憾的，偏偏是愛情本身。陰晴圓缺，在一段愛情裡不斷重演，換一個人，也不會天色常藍。

愛情，
是可以
揮霍的嗎？

❁

愛情是不能揮霍的，是會耗盡的。
只是，揮霍的一方永遠不知道哪一天會耗盡。
當他知道的時候，已經回不去了。

❁

重要的不是遇到幾個人，而是遇到什麼人。
數目沒意思，素質才有意義。
愛情是需要感覺，但是，更需要理智。

❁

要保鮮的東西是因為會腐壞。
愛情也是不進則退，是會荒蕪的。
我們只能為自己保鮮，不能為別人保鮮。
最好的保鮮就是不斷進步，
讓自己成為一個更好和更值得愛的人。

Part Two

Selected Prose of Amy Cheung

如何讓他離不開妳？

如何愛一個男人？

如何愛一個男人？

愛一個男人，可以愛他的英俊，愛他的聰明，愛他的才華，
但是，請不要只愛這些。
他的英俊、他的聰明、他的才華、他的錢、他的事業，都是屬於他的，
只有他對妳的好，才是他對妳的情意。
是這份情意讓妳在他的人生中有了一席之地；
是他對妳的好，使妳變得獨一無二，也使他變得獨一無二。

他的條件再好，他不愛妳，
那麼，妳守著的並不是一個男人，而是寂寞和自虐。

要不要給他自由？

誰可以抓住愛情不讓它溜走？
誰又可以經年累月盯住一個人？
管人太累了，給他自由也就是給自己自由。
隨時可以走，偏偏最喜歡留在你身邊，
愛你就好像你是他的天命，百轉千迴，始終放不下你，
那麼，他才是你的，要趕也趕不走。

曾經以為，浪漫是能夠奮不顧身去愛你；
後來才知道，浪漫是能夠放手給你自由，卻默默把你留在心底。

什麼樣的女人最被寵愛？

一個女人，光是可愛是不夠的；
可愛並不深刻，她必須也可怕，
才能夠留在一個男人心裡。有多可怕？
就是讓他一再帶著微笑說妳可怕，
自嘲地說：「天哪！我怎麼會愛上一個這麼可怕的女人！」
可怕到什麼程度？可怕到他覺得妳很可愛。

女人爲什麼要說傻話？

✡

「哦，你討厭我。」
「你都不理我。」
「你不愛我了。」
女人有時候就是會說反話。
這麼說，只是想誘騙你對我說幾句甜蜜的情話，只是想知道你是在乎我的。
能夠對你耍賴，是多麼的幸福？這就是被你愛著的特權。
能夠對你言不由衷的時候，就讓我偶爾任性一下吧。
要是有天你不愛我，我再也不會說這種傻話。

✡

「我不走！我就是要跟你過日子！」
要是總能夠任性地說出這句話並且也能如願，我們將會多麼佩服自己。

怎樣管好男人？

怎樣管好男人？

✡

人只要管好自己已經很了不起，幹嘛要去管男人呢？
聽話的男人不用管，不聽話的男人，要管也管不到，
對妳好的男人不用管，對妳不好的男人，不會讓妳管，
愛妳的男人不用管，不愛妳的，輪不到妳管。

✡

男人管女人跟女人管男人的方法不一樣。
女人很笨，專門管小事，那多累啊！
聰明的男人只為女人管大事，看上去不是管，是愛。

愛上一個自私的人，怎麼辦？

他不是不愛你，也不是對你不好，
他只是更愛自己，永遠把自己放在第一位。
他可愛的時候很可愛，自私的時候卻又很自私。
你恨透他的自私，心裡卻知道他改不了，
他就是這樣的一個人，天性如此。
愛上一個自私的人，這樣的愛是孤單還是無奈？
你終於明白，自私的人是比較快樂的。
要是可以自私，那該多好。

世界上有沒有公平的愛情？

不管好人還是壞人，也會受情傷。
王侯將相、美麗的公主與王子，也有不愛他們的人。
愛情終究是公平的。你為一個人流淚的時候，也有另一個人為你流淚；
你為一個人卑微的一刻，可有想過也曾有另一個人為你卑微？
我們探問無常的時候，早該知曉，
當你愛上一個人，也就有失去的可能，也就有傷心的一天。

所有處在戀愛年齡的女孩子，總是分成兩派：
一派說，愛對方多一點，是幸福的；
另一派說，對方愛我多一點，才是幸福的。
也許，我們都錯了。愛的形式與分量從來不是設定在我們心裡，
妳遇到一個怎樣的男人，妳便會談一段怎樣的戀愛。

◎

每個人都帶著童年故事和許多過去去愛上一個人。
被渴求、被遷就、被照顧、被榮耀，也許都是一個過程。
千迴百轉，直到不年輕了，才終於學會愛，卻又不一定能遇到可以相愛的人。
遇到了又是否可以廝守呢？無常世間沒有圓滿；
可是，幸運的話，會遇到你說的那個人，
他完整了我，也是他讓我看到我所有的缺失。

愛上不該愛的人怎麼辦？

有時候，你愛上的那個人，
是會完全打破你一直以來的標準。
從世俗的眼光看來，他也許不是那麼標準；
然而，乍然相逢的一刻，
他翩翩的身影卻在你眼裡
開出了翻翻騰騰的花。
突然之間，世間的標準都可以拋棄。
他凌駕了一切的標準。

男人的一生，不過為女人做兩件事：
超乎她想像的好和超乎她想像的壞。
女人用他的好來原諒他的壞。

到底要愛一個怎樣的人？

✿

到底要愛一個怎樣的人？
答案還不簡單嗎？
愛一個珍惜你的人、愛一個愛你的人。
只是，你不一定做得到。

✿

愛一個人，
就是在漫長的時光裡和他一起成長，
在人生最後的歲月一同凋零。

如何經營一段愛情？

❂

關係可以努力，緣分無法經營。
我不是個會經營的人，因為我很懶惰。
心中有愛，不著一字，盡得風流，根本看不到經營的痕跡，
而是自然流露，我就是想對你好。

❂

我們唯一可以經營的，只有自己；
唯一可以做的，是好好經營自己。
懂得珍惜和擁抱眼前人，懂得欣賞他對你的好，
不要吝嗇以微笑來回報他對你的每一個微笑，
當擁有的時候，不要讓愛荒蕪，就是最深情的經營。

❂

和所愛的人一起終老、一同凋零，就是天荒地老。
愛情無法經營，我們只能經營自己。
愛來的時候，好好珍惜，就是最好的「經營」。

男人為什麼要跟女人吵架？

男人為什麼要跟女人吵呢？
吵輸了固然不開心，即使給你吵贏了又怎樣？
她吵輸了，不開心，你要反過來哄她。
所以，聰明的男人要嘛未吵就認輸，要嘛保持沉默。

男人還是不要跟女人吵架得好，因為輸的永遠是男人。
只要一吵架，女人的記性可好了，
她會把你說過的每句話倒背如流，
說你這樣說過，那樣說過，你對她多壞，多可惡啊！
你聽著聽著，覺得自己好像真的有這樣說過，
你真的是太壞，也太可惡了。

可是，女人卻不記得是自己首先說了什麼，
你才會接著說下去。

✡

吵架的贏或者輸，往往不在吵架的時候，而是吵完之後。
誰首先說對不起？
又是誰首先低聲下氣？
是愛得更深的那個人嗎？
是更在乎的那個人嗎？
是更害怕寂寞的那個人嗎？
還是較為心軟的那一個？

男人都
不想結婚？

❁

男人是會結婚的，他只是不會跟妳結婚罷了。
妳又為什麼一定要結婚？
結婚只是一起終老的願望，並不見得是一起終老的事實。

❁

結婚前，李察・波頓讚美伊麗莎白・泰勒說：
「她的身體是建築學上的奇蹟！」
婚後，他說：
「她有雙下巴，而且腿很短。」

他其實不那麼愛我了，怎麼辦？

兩個人最初走在一起的時候，
對方為自己做一件很小的事情，我們也會感動。
後來，他要做更多事情，我們才會感動。
再後來，他要付出更多更多，我們才肯感動。
人是多麼貪婪的動物？

曾經以為你會永遠愛我，於是一直測試你的愛，
一直挑戰你的底線，然後有一天，發現你果然沒那麼愛我了。
曾經害怕失去你，然後有一天，明白了人生的無常。
曾經想要從你身邊走開，跟你說：「忘了我吧！」
然後有一天發現，雖然一起已經沒那麼甜，離開還是會捨不得。

如何讓他明白
我的好？

❂

人對狗或是任何動物的愛是不求回報的。
然而，當我們愛上一個人，
終究是希望回報的，
希望他像我愛他般愛我，
希望他懂得我的好，
孤單和沮喪的時候，他會陪在我身邊……
可惜，在愛情的領域裡，
兩腳動物畢竟是比四腳動物難馴的。

❂

自己以為，的確只是自己以為而已。
即使是兩廂情願的愛情裡，
也還是有許多一廂情願的時候；
卻也是這些一廂情願的時光滋養著
兩廂情願的日子。
譬如說，總以為他離不開我、
總以為他不能沒有我……

我應該原諒背叛我的他嗎？

我應該原諒背叛我的他嗎？

妳問：「背叛過我的戀人現在回來我身邊，但我心裡始終無法原諒他。我應該原諒他嗎？」

你可以不原諒一個人，各走各的路。
可為什麼要跟他一起，心裡卻不原諒也不信任他？
那是折磨自己，也折磨對方。那麼，要原諒他幾次？
恩情有用完的一天，愛情也有耗盡的時候；
當再也不能原諒的那天來臨，你是會知道的。

有時候，我們願意原諒一個人，並不是我們真的願意原諒他，
而是我們不想失去他。不想失去他，惟有假裝原諒他。
恨，也是一種愛。歲月漫長，裝著裝著也許真的就能夠原諒與遺忘。

總有一天，他會屬於我一個人？

有一種等待，是會心碎的。
戀人總是能夠看穿謊言，假裝沒看出來，
只是因為還愛他，還是對他存有希望和幻想；
一遍又一遍跟自己說，他是愛我的，
總有一天，他只屬於我一個人，他再也不會對我說謊。
漫長的等待，沒有歸途，等到心都碎了的那天，
妳終於知道，妳其實一直對自己說謊。

有一種失望，是再也不會對一個人很失望了。
雖然還是會失望，卻只像一份淡淡的哀愁，
不會說出來，也不會再掉眼淚，
甚至還能夠帶著苦澀的微笑跟自己說：
「他就是這樣的啊，誰讓我離不開他呢？」
可是，要有多少次滿含熱淚的失望，
才能夠修煉得到心中苦澀、微笑依然的失望？

失望是愛情附帶的條件？

是不是有一種失望，是愛情附帶的條件？
是不是愈是愛一個人，也愈容易對他苛求？對他失望？
那麼，錯的並不是他。
是有一種失望，像無故失眠的長夜，
妳一個人望著寂靜的晚空，
回想妳愛過和愛過妳的每一個人，
有些愛已經忘了，有些愛忘不了。
但是，只要愛著一個人，也就永遠會有失望的時刻。

人最大的失望是對自己的失望。
無論我對別人多麼失望，也比不上我對自己的失望。
我可以撇下那個一再讓我失望的人，
卻永遠無法撇掉自己。
失望是人對自己最深沉的嘆息。
為什麼我從來沒有我以為的那麼好？
為什麼我做不到自己的期望？
當我如此真實地面對自己，
我不得不承認，我再也沒有資格對別人失望。

為何他的情話感動不到妳？

❂

那句情話是否打動妳，得要看是什麼時候說。
累垮了，聽到「我愛妳」，根本沒氣力感動。
正想摔東西發洩，聽到「不怕，有我在！」也許只想踹他。
不愛他了，他說「我養妳」，那一刻，只有感傷而沒有感動。
愛著他，他不過說了一句稀鬆平常話，
妳突然就感動得淚眼模糊。
所有的感動，也是需要時機去成全的。

❂

瞬間的感動，宛如一場風花雪月的事；
當愛情變質，也就煙消雲散。
那句話，不如默默裝進心底，留待來日細味。
有時候，我多麼像一隻積穀防飢的螞蟻。

我，爲著
與他的將來
煩惱？

人生的好滋味，並不見得要花大錢。
跟親人一起吃的一頓家常飯、為心愛的人下廚，
這些尋常的滋味往往是回憶裡最悠長的滋味。
味道味道，味就是道，
沒有一顆敏銳的心靈又如何去品味箇中的道理與真理？
道就在最平凡的事物當中，等待我們去領悟，
人卻總是在失去之後、在經歷無數挫敗和起跌之後，才終於明白。

日升月落，時光似水，流年暗換，
我們身邊已經換了或者將會轉換多少人？
誰可以一直陪你看花開花謝、月圓月缺？
這是個充滿遺憾的娑婆世界，
在紅塵裡打滾，每個人都離圓滿太遠了，
那麼，不如珍惜每一個當下的小圓滿。
只要這一刻幸福，我心自有一輪明月。

愛情，是孤獨的嗎？

愛情，是孤獨的嗎？

❁

愛情不是終極究竟的追尋，每一個聰明人都知道孤獨的深度和它的好，
可我們也許還是想要一個牽手相伴的人、想要一個心悅誠服的聆聽者。

❁

當你了解愛情，你也就了解人生。
千帆過盡，始終留在心裡的，只有那張熟悉的臉和那一抹曾經牽動你的微笑。
你當時年輕的眼睛只曾為他清明，是他讓你頓悟有情眾生的愛別離苦。
他是你千年修行卻偏偏跨不過去的那道坎兒。
終於你明白，這就是愛情。
這一生，總有一個人，老是跟你過不去，你卻很想跟他過下去。

❁

在我們那段繁花似錦的愛情裡，我們終究沒想過會有花落的一天。
花落的時候，你說，誰也可以沒有誰。
是的，誰也可以沒有誰；只是，沒有了你的我，終究是沒那麼幸福的。

愛情不是兩個人的事嗎？

我們談過的每一段戀愛，我們愛過的每一個人，
都成就了我，也改變了我。
在我身上，有些東西，永遠不會一樣了。
生命中有那麼一刻，你幡然醒悟，
愛情是一個人的事，得失寸心知。

愛，到底本是單純還是複雜？

愛情本來並不複雜，
來來去去不過三個字，
不是「我愛你」和「我恨你」，
便是「算了吧」、「對不起」，
也許還有「你很傻」和「謝謝你」。

愛情這東西，
也許只有純真的人才會依然相信。
不管我們經歷過什麼、受過多少傷害、
跌倒過多少次，又失望過多少回，

當我們站在所愛的人面前，
彼此仍然可以保有心中的純真；
至少有這麼一個人，
讓我永遠相信純真的美好，
那麼，即使要為你掉眼淚，也是幸福的。

❁

青春年少的日子，我們總以為，
愛情就是把兩個人牢牢地綁在一起，
當你愛我，你就要了解我。
這樣的結果卻是：
當你了解我，你就不愛我了。
直到青春遠去，我們才明白，
每個人心中也有一片內陸，
即便是最親密的人，也無法抵達那兒。
為什麼要全然了解呢？
你可以不完全了解一個人，
卻還是愛他愛到一塌糊塗。

如何在
愛情中成爲
大贏家？

❁

人是否都有賭性？都喜歡贏？可是，人生總有無法不認輸的時候。

我們浪擲了許多無所悔恨的時光去做自己以為會贏的事、去愛一個我們以為會與之終老的人，結果卻輸得很慘。

我們是多麼沒用的賭徒？

直到囊空如洗才肯轉身離去，踏上茫茫的歸途，一邊走一邊對自己說：

我並不是一定要贏，我只是不喜歡輸的感覺。

❁

愛情不就是臣服與被臣服嗎？

只是，有時候，我們本來想要臣服對方，卻被對方臣服了。

女人最終還是要找到歸宿，不是嗎？

歸宿只能是另一個人嗎？即使這個人是你所愛？
女人的歸宿為什麼不可以是夢想、自由和事業？
歸宿當然也可以是一段美滿良緣，或者以上全部。
每個人終究要自我完成。
人生逆旅最後的一片棲息地，不僅是摯愛的懷抱與情深的訣別，
也是回首的高樓。望斷高樓，
這匆促的一生，我做了什麼？多少歡喜？也多少懊悔？

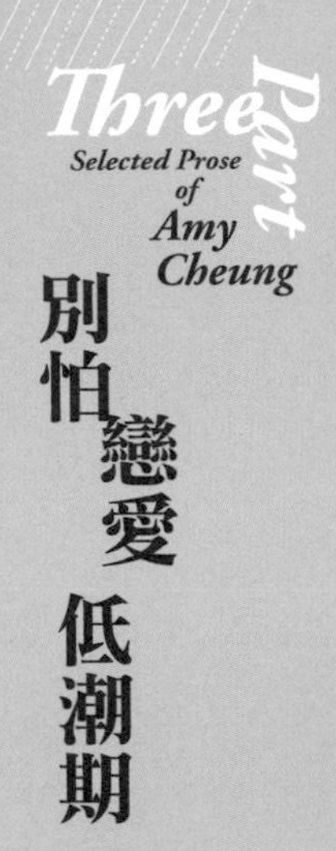
Part Three
Selected Prose of Amy Cheung
別怕戀愛低潮期

爲何愈來愈沉默？

✡

打從某天起，好像跟你沒那麼好了，
見面少了，電話也少了；
孤單的時候，忍住沒找你。
我親愛的朋友，並不是因為你做了什麼，而是我的故事變複雜了，
有些話不知道從何說起，不如不說；
有些秘密只能藏在心底，獨自承擔。
不想對你說謊，更害怕你痛心的責備，
於是只好假裝忘了你。
其實，你一直在我心裡。

✡

沉默不代表默認，也許只是覺得可笑，
也許是懶得去解釋，也許是覺得傷感，什麼也不想說。

剛開始的時候，他什麼都不介意，
不介意你的過去，不介意你的壞脾氣。
然後有一天，他開始介意……
他不是一往情深地說過不介意嗎？
誰知道，時日過去，他忘了自己說過的話。
人在得不到的時候，什麼都可以不介意。
得到之後，曾經信誓旦旦說過不介意的，原來都有點介意。
這是愛情，希望你不要太介意。

其他人都比我幸福？

人總愛跟別人比較，
看看有誰比自己好，
又有誰比不上自己。
而其實，為你的煩惱和憂傷墊底的，
從來不是別人的不幸和痛苦，
而是你自己的態度。

我愛你
為什麼？

❁

我愛你，只有兩個不成理由的理由：
你跟我一樣，你也跟我不一樣。
於是，我禁不住微笑驚嘆：「天哪！你為什麼剛好跟我一樣？」
我卻也傷感沉默：「你為什麼不像我？」

❁

世間的一切都是因緣。
對我好的，是我的菩薩，愛我度我；
對我不好的，說不定是菩薩派來的，
恨我辱我，使我放下我執，也使我明白虛空。
「凡所有相，皆是虛妄。」
怨憎苦樂，一切愛恨，過了這一刻，都成往事。
苦苦執著於虛空，多傻啊！

愛一個人，注定要傷心？

當你愛上一個人，說不定就會有被背叛的一天。
當你愛上一個人，就要有分離的打算，也要接受訣別的痛苦。
當你愛上一個人，也就是有求於他，你會希望他同樣愛你；
那麼，你也會有心碎的時候。

愛一個人，不都是在心甜與心碎之間流轉嗎？
是有那麼一個人，帶給你歡笑，也帶給你眼淚。
你哭的時候，他來逗你笑；你笑的時候，他卻又把你弄哭。
你就是這樣一直帶著微笑也帶著眼淚，恨恨地、恨恨地愛著他。

可不可以永遠不失戀？

談一場不分手的戀愛，說好了不分手就不分手，
一直談到地老天荒，那該多好啊！
可是，有些愛情，終究敗給了時間，無所依歸。

再美好的旅程也有歸途，再幸福的相逢，也有暫別的時候。
相聚和離別，愛和恨，歡喜和失落，哭和笑這些戲碼，
總是在人生中不停上演。
然後有一天，我們會習慣離別，卻依然掉下不捨的熱淚。

假如我願意交換，是不是可以不失戀？
可惜，失戀就像失望，是人生的一部分。
你現在覺得難受，有一天，它會使你長大，使你茁壯，
也讓你明白，世間萬物皆有榮枯，你捧在手裡的愛情又怎會例外呢？

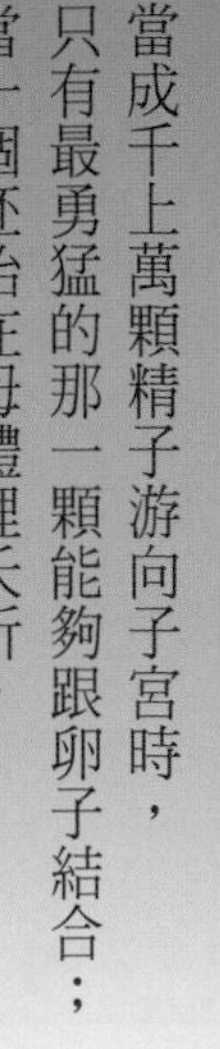

當成千上萬顆精子游向子宮時，
只有最勇猛的那一顆能夠跟卵子結合；
當一個胚胎在母體裡夭折，
是因為這個胚胎不夠強壯，無法存活。
愛情的興亡不也是天擇的結果嗎？
你失戀，不是因為你不好、不可愛、
不漂亮、不夠聰明，而是他不適合你。
你心裡是知道的；
只是，這一刻，你還不願意承認。

我可以在你面前流淚嗎？

愛一個人，總難免賠上眼淚；被一個人愛著，也總會賺到他的眼淚。
愛與被愛的時候，誰不曾在孤單漫長的夜晚偷偷飲泣？
我們一再問自己，愛是什麼啊？
為什麼要愛上一個讓我掉眼淚而不是一個為我擦眼淚的人？
他甚至不知道我在流淚。

永遠不要在你不喜歡和不喜歡你的人面前哭，因為他們不值得。
只有在對你好的人跟前，你流的眼淚才值得，也才會被珍惜。

他不愛你了，你哭著轉身，揮淚奔跑，
邊跑邊回頭看，看看他是否還在那兒。
你多麼希望他在看，你所有的奔跑都是為了他。
然而，跑著跑著就跑遠了，不掉眼淚，也不再愛他了。
你是為自己奔跑。
每一次心碎、每一次揮淚奔跑，都使你強大。
當你強大了，你才會遇到比你強大的；當你變好，你才配得起更好。

相愛，為什麼還要分開？

你失戀，不是因為你不好、不可愛、不夠聰明，也不是你做錯了什麼。
我們見過許多伴侶，互相撕咬，既愛且恨，也還是地久天長。
一天，你會遇到一個人，不管你有再多的缺點，
他還是愛你，無論他有多麼可恨，你終究愛著他；
縱使你們都曾被對方傷得傷痕累累，也還是沒能分開，
你終於明白，你們是彼此的宿主。

有相聚，也就有離別。
日復一日，有些人從你生活中告退，另一些人進入你的生活。
去留無意，是生活逼使你長大。
今宵離別後，我們都忙著為人生奮鬥，
以後會遇上別的人，卻也許依然會為愛情苦惱；
然後，或許又忙著結婚和生孩子。
曾經以為很快會再見，直到許多年後的一天，才又想起，很久沒見了。
你好嗎？

我們愛過的人、我們一度以為可以廝守的人，後來不都是跟另一個人生活嗎？有相聚，就有別離，只要記取曾經的美好。

我們能不能不說再見？

你問：「可不可以不要牽掛一個人？那種滋味太苦了。」

苦的，不是牽掛，而是沒有應答的牽掛，

當你牽掛他的時候，他並沒有牽掛你。

苦的，不是牽掛，而是沒有歸途的牽掛。
從此以後，他牽掛的是另一個人；
後來的一天，你牽掛的，也將是另一個人。

۞

有一種忘記，像模糊的往事，某年某天，你搜索枯腸，
已經想不起那人的生日，只記得當時年輕的自己。
另一種忘記，卻鮮活如昨。
你使盡氣力把他的身影刮落，以為終於做到了；
在你毫無防備的時候，回憶卻突然撲面而來，反倒把你刮得淚眼模糊。
人生是有一種遺忘，悲傷如割，欲語無言。

۞

人生是不是可以不說再見？
當我們說了再見，背向曾經深愛的人，面對的，是不是會比他好？
曾經的深情，是不是在離別的一刻煙消雲散，還是永遠封存？
曾經的離離合合，是不是終於畫上了句號？
曾經的不捨，是不是已經走到了盡頭？
再怎麼不捨，也回不去了。

無法原諒他，該如何是好？

無法原諒他，該如何是好？

當你了解人性，你也許就能夠原諒所有的自私和軟弱、所有的謊言與背叛。
佛洛依德說，人的內心，既求生，也求死。我們追逐光明，卻也追逐黑暗，
我們那麼想要得到愛，有時候卻又近乎自毀地浪擲手中的愛……
人心中似乎一直也有一片荒蕪的夜地，留給那個寂寞也幽暗的自我。

就連原諒，也是會耗盡的。

總會有一個人或是一些人，若干年之後，
當你想起他，你會在心中默默對自己，
也對他說：「你其實一點都不配擁有我的痴心。」

世上根本沒有絕對的安全感，當愛變質，承諾也就變質。
然而，即使曾經失望，我還是會相信諾言；
只是，心中會留一條退路給自己。
那麼，當對方的諾言沒有兌現，我也可以微笑跟他說：哦，我不恨你。

低潮的日子，撐得下去嗎？

生活的每一天，豈會事事盡如人意？我們總是沮喪地發現，自己沒有自己想的那麼好，也並不是過著自己想要的生活，卻又不知道自己到底想要過什麼生活。我們有太多欲望，也有太多理由去自憐和放縱。那麼，吃一塊蛋糕吧，或者喝一口酒，明天醒來，告訴自己：蛋糕有時，憂傷有時；只是，青春也有限時。

也許，找一個早上或是夜晚，離開人群，靜靜地讀書；可以是任何的書，新的、舊的、讀過的、沒讀過的、輕鬆的、沒那麼輕鬆的，甚至是兩本完全不同、使你看起來好像精神分裂的書。只要能夠讓你靜心的就是好。

在一段愛情裡，無論你付出多少，無論你多麼努力，總難免會有傷心失望與零落的時刻，但我們不會忘記愛與被愛的每一個日子，這些逝去的日子也曾照亮我們的生命。愛情是一種微笑的荒涼。

要怎麼度過一個人的夜晚？

❁

女孩說，失戀時她喜歡喝酒，很想買醉，她知道這樣很傻，因為第二天醒來頭很痛。想喝一點酒就喝吧，失戀的夜晚太漫長了。然而，也就是在失戀的漫長的夜晚，時間好像對妳停下了溫柔的腳步，妳幽幽地想起那些他總是捨不得送妳回家，總是拉著妳的手說「別回去，還早呢！」的日子。原來，這一切已經晚了。

❁

失戀的時候，妳大可以很悲壯地說：

「我以後再也不會這麼愛一個人了！」

但是，妳心裡不必真的這樣想。

人生的千迴百轉，是妳心碎時沒法想像的。

妳以後會找到比他好的，到時候，妳也許會反過來說：

「天哪！我當時為什麼會愛上那個豬頭？我以後再也不會這麼笨了！」

我這樣是不是很傻？

某天，突然很想看看他，電話也不打了，直接跑去他的住處，可是，沒見著他。等了又等，心裡說不出的失落，一個人靜靜地回去，任由思念消散，甚至不會告訴他，我曾經來過。愛情是不是都由這些細碎的時刻組成？有時歡喜，有時失望，有時幸福，有時孤單……明天我會在哪裡？明天的愛情是否依然鮮活？

我們總是被自己和別人的等待感動，以為等待是對愛情最忠誠的奉獻。
可誰又知道青春年少的執拗會不會被時間消磨？
又會不會被現實和寂寞消磨？
然而，曾經那麼死心眼地等一個人，終究是年輕的。
當我們老了，也許會微笑跟自己說：我是那樣痴心地等過一個人；
那時候，我不知道，所有的等待，也都是有期限的。

等待總令人心碎？

等待總令人心碎？

有一種等待，是會心碎的。
等他回來、等他知道你的好、等他改變、
等他一心一意只愛你一個人，等他跟你結婚……
漫長的等待，了無盡頭。
等到心都碎了的那一天，你終於明白，等待是與人無尤的。
誰讓你等？不是你如此沉迷地愛著的那個人，
而是你自己的痴心幻想與倔強執拗。

思念就跟愛情一樣，是會耗盡的。
無奈要分隔兩地，一開始，我想你想得很苦，
恨不得馬上飛奔到你身邊，再也不要跟你分開。
後來的後來，我沒那麼想你了，
不是不愛你，而是這樣的想念是沒有歸途的。
我再怎麼想你，還是見不著你、摸不到你，只是用思念來折磨自己。
於是我知道，我得學著過自己的生活。

爲什麼，上天要賜我這個傷害我的人？

嗯，有些人來到你身邊，是告訴你什麼是真情，
有的人，是告訴你什麼是假意；
就像有些人來到你身邊是為了你給你溫暖，有些人是為了使你心寒。
這一切都是生命的禮物，無論你喜歡與否也要接受，
然後學著明白它們的意義。

愛我的，是用愛來度我；
傷我的，是用苦來度我。
砒霜當作醍醐用，
從今以後，學懂自愛，也更懂得珍惜所有愛我的人。

同一個人，是沒法給你相同的痛苦的。
當他重複地傷害你，那個傷口已經習慣了，感覺已經麻木了，
無論再給他傷害多少次，也遠遠不如第一次受的傷那麼痛了。

愛有時候難免會是一種束縛，卻也是甘之如飴又甘心情願的束縛。誰叫你愛上了呢？你可以不愛的呀！你本來可以孤獨也自由地前行，你卻寧願懷抱著對某個人的思念和愛，帶上他，一起過渡到人生的彼岸。

如何戒掉專屬於他的習慣？

習慣了一個人，習慣了他的性情，
習慣了他的可愛和可恨，習慣了生活中有他，
這一切一切，像血肉骨頭似的，
並不是能夠像戒掉咖啡或是香煙那麼輕易地可以頭也不回就割捨。
然而，曾經多麼深情的習慣，一旦無法不戒掉，時間也會讓你逐漸習慣。

沒有愛，沒有花，沒有酒，沒有書，沒有音樂，沒有電影，沒有嗜好，沒有朋友，沒有寵物，沒有咖啡，沒有壞習慣，沒有嚮往的事物，沒有想要追逐的夢想，沒有思念和喜歡的人，甚至沒有希望，人還是可以活著的。
然而，是這些看似微小的東西建構了我們活著的幸福與感傷；是有一些東西，大於生命。

為什麼忘不了？

❁

你問：「怎樣可以忘記始終在心裡徘徊不去的那個人？
怎樣可以離開一段回憶？」
能夠忘記的時候，自然就能夠忘記，世事不都是這樣的嗎？
有一天，你會發現，
在記憶裡苦苦勾留的，不是已經離開的那個人，
也不是已經消逝了的愛情，而是你心中的自憐。

❁

有一種忘記，會讓你嘴角一咧，微笑跟自己說：
「呵呵，我根本沒有愛過這個人。」
另一種忘記，卻總是一次又一次讓你掉眼淚。
然後，一次又一次，你擦著淚水，咬著牙跟自己說：
「我再也不要這麼愛一個人了！再也不要！」
人生是有一種遺忘，歷歷如繪。

思念是什麼？

思念是什麼？

我們這輩子也許一直都在問同一個問題：思念到底是什麼啊？
為什麼要在我心裡翻起滔滔的浪濤？為什麼就放不下對一個人的思念？
他是不是也同樣地思念我？
什麼時候才可以停止思念一個人，轉身離開，在記憶中永遠跟他揮別？

人為什麼會思念一個人？是習慣還是愛？
要說是習慣，那麼，是不是以後再也不能夠用思念去衡量我有多愛一個人？
要說是愛，明明好像沒那麼愛一個人了，卻還是會思念他。
為什麼要思念一個人？
有時候，那滋味並不好受，總是夾雜著淚水的鹹味與記憶的酸苦。

不是愛情讓我們生不如死，而是我們太過固執？

理性的人也許還是過不了愛情那一關，
讓我們為愛情受苦的，從來不是感性，而是我執。
苦苦執著一段感情，不肯自拔，以為一旦放手便一無所有，
忍受不了我愛的那個人不再愛我，恐懼失去他之後漫長的孤單……
是這種我執把我們了斷。

戀愛往往使一個大人變回小孩子；
每一次的分手，卻逼著我們學習做一個大人，
擦乾眼淚，微笑著跟自己，也跟那個人說：
「我很好，我真的還好，都這麼大個人了，沒有什麼是過不去的。
我們不是說過誰也可以沒有誰嗎？又不是小孩子了，
難道還不知道世上沒有不散的筵席嗎？
放心，我不恨你，我真的不恨你。」

當愛情缺席的時候，怎樣過？

愛情要來的時候，你擋也擋不住。
你想掉頭走，它會像影子一樣死死地跟著你，你想甩也甩不開。
然而，當愛情要走的時候，
你用雙手和雙腳拚命去攔也攔不住。
它原來是比你無情的。

當愛情缺席的時候，你要學著過自己的生活，好好愛自己。
當愛情缺席的時候，你要學著接受自己；
接受自己，你才會快樂。
當愛情缺席的時候，你要努力上進，努力工作。
有了事業，即便沒有愛情，你至少還有錢。
當愛情缺席的時候，你要學著瀟灑。
錢會溜走，什麼都會失去，我們手上沒有一樣東西能夠永遠擁有。

妳可以笑著面對從前愛過的男人嗎？

許多年後的一天，見到從前愛過的那個男人，
他比她老多了，甚至變成一個糟老頭，
她看上去卻還是那麼年輕……
這是女人永恆的幻想。
要老，她只能在與她廝守的男人身邊變老。
相愛的兩個人，可以見白頭；分開的戀人，是不許人間見白頭的。
「假如會再見，我要活得比你年輕。」是這樣的幻想首先甜蜜了自己。

無論有沒有舊情人，女人也要努力活得年輕、漂亮和精采；
不過，如果有的話，更有動力就是了！
正因為已經不愛你了，也過得比你幸福，
我絕對不想有天在街上剛好給你看到我很糟糕的樣子。

有些愛，當時無論如何也放不開。
然後有一天，它終究消逝了。
回頭再看，已經說不清當時放不開是因為捨不得、是不甘心，
還是那時候到底是太年輕了。
有多少愛，而今只道是尋常，當時卻愛得死去活來？

過去的歲月總是美？

青春在手的時候，你不覺得它有多好，後來的一天，你油然想起你流過的傻氣的眼淚，想起曾經要好得可以一起睡覺一起洗澡的朋友，想起你暗戀過的那個人……那時的你，毫無自信，卑微痴傻，心中的酸澀豈是可以說與人聽？

這些都是青春，經過時間的濾洗，只留下最單純和美好的記憶。

青春，是回首的時候好。

❂

童年現在，往事如昨。踩著歲月的腳步，每個人都以為自己改變良多，
卻總是在回眸的瞬間看到了時間的深情與殘酷。
曾經的微笑不變，其他的一切都變了。
這兩個都是我嗎？
是的，是我。流光像夢。

❂

年輕就是會高估了愛情的壽命。
年輕就是不懂說不。
年輕就是會為了討好你愛的那個人而扭曲自己。
年輕就是會錯愛。
年輕就是會相信謊言。
年輕就是會天真到笨。
年輕多好啊！
卻也多麼哀傷！
這就是青春的蒼白虛妄。

我眞的放不下他嗎？

我眞的放不下他嗎？

❂

時間總是把最快樂和最痛苦的時刻留給回憶。
能夠忘記的，肯定不會是最甜和最幸福的，也不會是最苦和最傷痛的。
即使兩不相忘，時間終究會把我倆都忘了。
古今多少事，都付笑談中，愛過就是活過。

❂

想要忘記一段感情，方法永遠只有一個：時間和新歡。
要是時間和新歡也不能讓妳你忘記一段感情，
原因只有一個：時間不夠長，新歡不夠好。

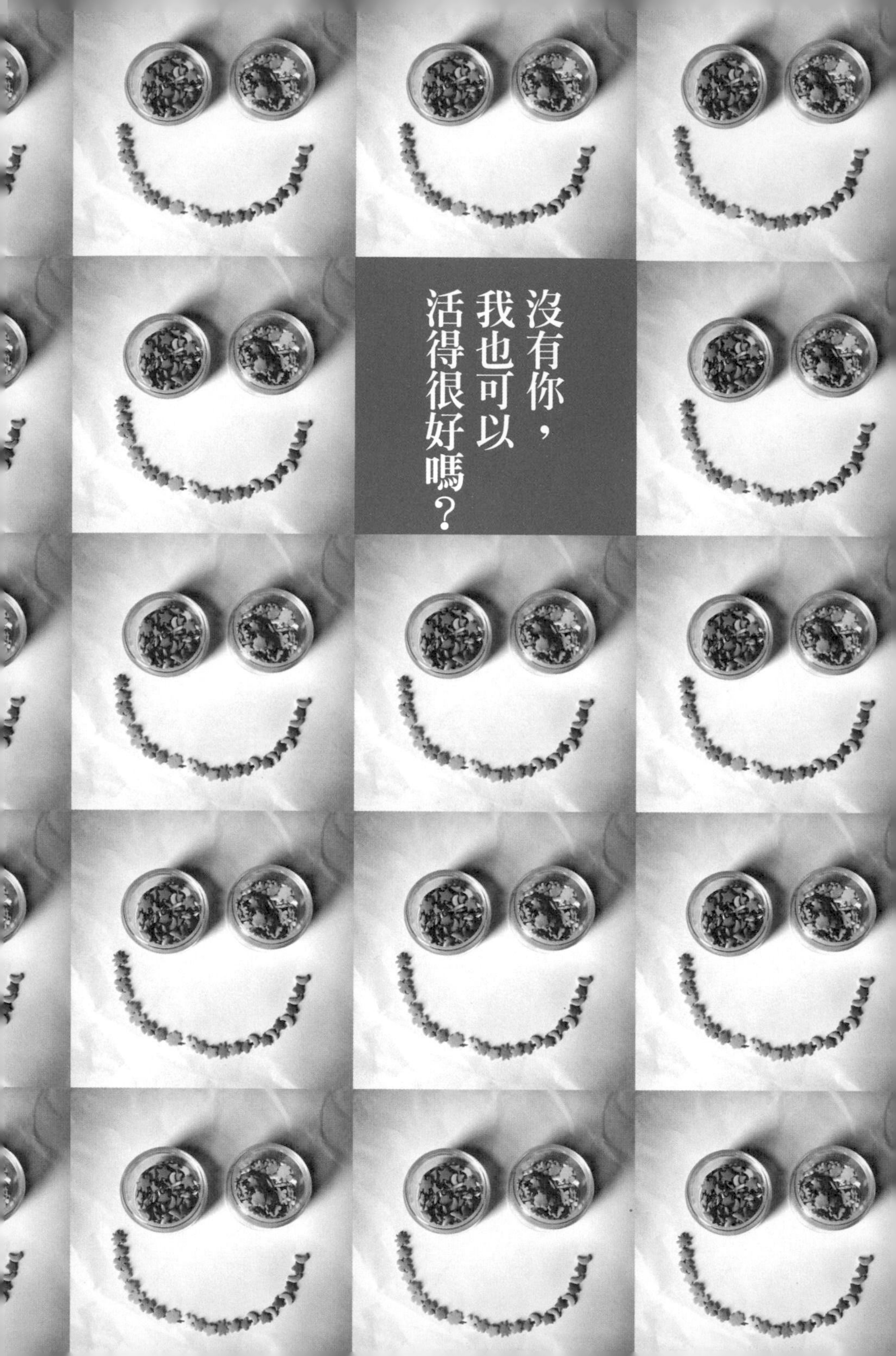

沒有你，
我也可以
活得很好嗎？

多少愛，已經是昨夜星辰，最好的時刻早就過去了，
兩個人依舊徘徊在分手和不分手的邊緣。
在這個城市裡，有些人拖拉了幾個月，有些人拖拉了幾年，有些人拖拉了一輩子，
直到彼此都老了，再也不能分開。
為什麼情非昨天卻還是戀戀不捨？是害怕放手？害怕一個人過日子？
還是害怕看到他跟另一個人過日子？

曾經，你苦苦以為，沒有了這個人，也就活不成了，
到了後來，不是活得好好的嗎？
一個不愛你的人，決不會比你的生命重要；
一個愛你的人，會告訴你，你的生命比你對他的愛情重要。

千迴百轉，幸福原來一直在自己手裡。
機遇降臨時，努力把握；緣分來時，好好抱住它。
再難再苦也要拍拍胸膛迎上去，擦乾眼淚，我會微笑到最後。
執子之手，紅塵終老。
到了揮手告別這世界的那天，靜靜撫愛回憶，我能夠說：
我曾用雙手擁抱過生命裡的高低起跌，我也在知道要放手的時候放開了手。

到底愛有多深？

我們付出過的感情、珍惜過的相遇、曾經擁抱著以為可以永遠在一起的人，
原來有一天還是會失去，還是無奈要說一聲再會。
這時候，我們才發現，我們愛得比自己以為的要深許多。

苦苦地愛著的、始終放不了手的那個人，儼然是熟土舊地，宛若故鄉的一片山河，浩瀚塵世，普天之下，你只曉得這個地方，全然看不到它早已經成了荒蕪。直到一天，終於死心了，幽幽地轉過身去，才發現背後一直也有另一片山河。於是，所有的痴心都終結了。我們從來就沒有自己以為的那麼深情。

爲了愛情，可以沒有了自己？

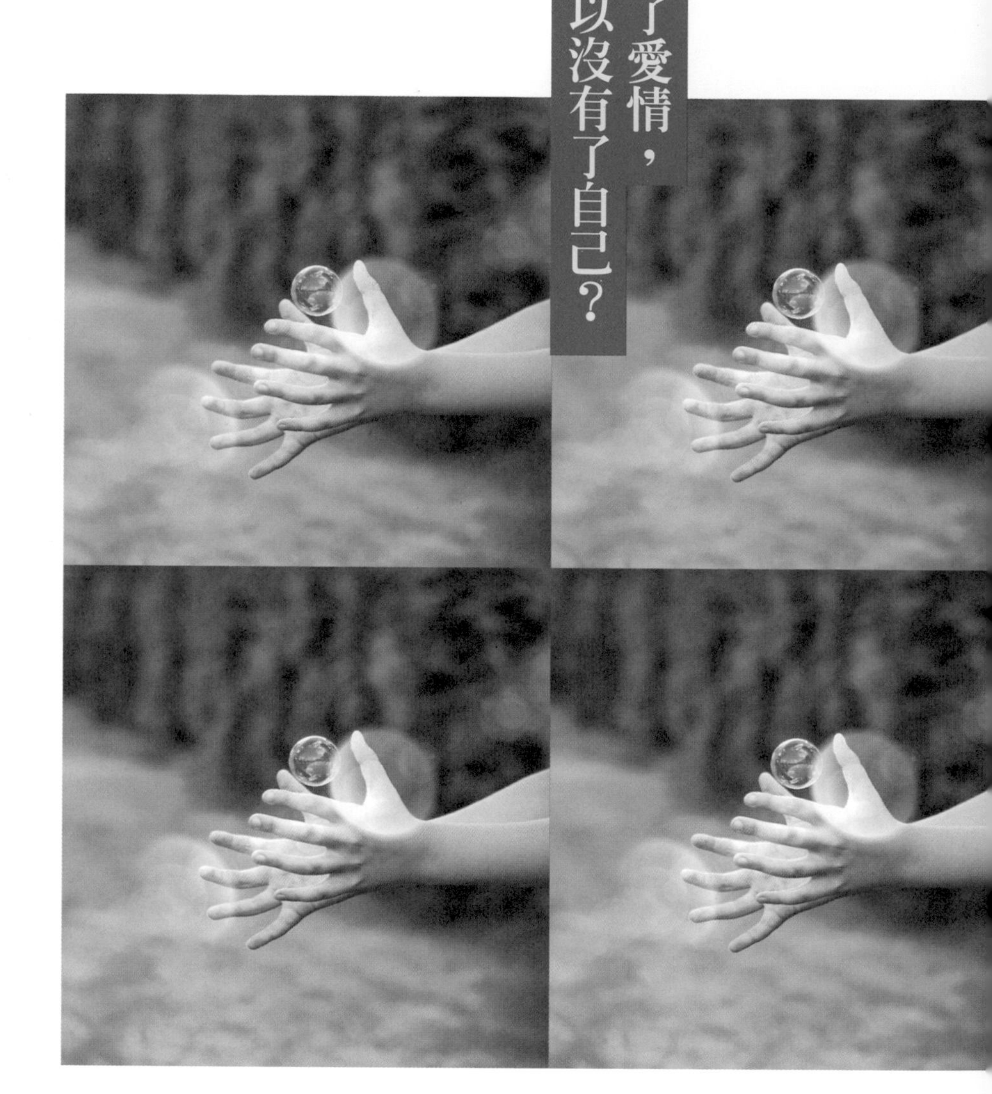

✿

如果只有愛情，沒有了自己，那不是重或輕，而是卑微的空白，
你終究會失去那段沒有自己的愛情。
你不可能一直苦苦收起真正的自己來遷就對方。
沒有了自己，你還能用什麼去愛人和被愛？
世上沒有一段愛情值得你為之失去自己。

✿

能夠負擔愛情的重量，能夠揹起思念一個人的重量，是幸福的。
手裡有放不開的人，有捨不得撒手不愛的人，
有千迴百轉終究離不開的人，也是幸福的。
一個人如果只有自己，畢竟太輕了。

✿

我們以為很重很重的東西，也許只像千千個泡沫，當消散的時候，
我們才知道它本來是輕的，我們卻已經為它掉過許多複雜的眼淚。

一個女人，最重要還是活得好。
只要活得好，從前所有的委屈，
所有的傷害，所受過的白眼，
一切恩情愛恨，後來的一天，都付笑談中。
曾經的傷痛、曾經掉過的眼淚，
不過是生命中無可避免的歷練。
要沉溺，也要清醒；要墮落，也要飛翔；
要世故，也要純真。一生的日子很短暫，
讓我們成為百變的女人。

Part Four

Selected Prose of Amy Cheung

永遠相信愛情

愛上了，就不寂寞？

❁

曾經以為，愛情是人生的全部；
然後有一天，發現那只是我浪擲了最多光陰的一部分。
曾經以為，即使愛上了你，我也可以全身而退；
然後有一天，發現我退得滿身傷痕。
曾經以為，愛上了，就不會寂寞；
然後有一天，還是會寂寞。

❁

曾經多情如斯，傷痕累累，才終於學會無情。
有一天，沒那麼年輕了，愛著的依然是你，
但是，我總是跟自己說：「我也可以過自己的日子。」
惟其如此，失望和孤單的時候，
我才可以不掉眼淚，不起波動，微笑告訴自己，
不是你對我不好，而是愛情本來就是虛妄的，
它曾經有多轟烈，也就有多寂寞。

一生應該嘗試多少段愛情？
ELINA
AXEL

❂

我們也許談過許多戀愛，也不只愛過一個人，
一天，你猝然明白，人的一生終究只有一段愛情，
以一生來作單位，繁花落盡，殊途同歸。

❂

這一生，我們愛的也許不只一個人，
我們對得最好的，卻只能夠是其中一個。
從今以後，再也不可能對一個人那麼無可救藥地好了。

❂

有相聚，就有離別，人生的百轉千迴中，一直佈滿了一個又一個車站。
我們都是旅人，既然要去的終站是不一樣的，只好在這裡分手。
抹乾眼淚，我走我的路，如果你曾是那麼值得愛，
我會永遠懷念你，謝謝你陪我走一程。
如果你不值得，我會把你抖落，當作從來沒有認識你，
你是我年少無知所犯下的最愚蠢的錯誤。

如何享受當下的愛？

每一個際遇，幸或不幸、苦或甜，也許都是歷劫累世的因果。
了知緣分，擁抱無常，受了、過去了，
那一刻，想學著不悲不喜，留下的偏偏只有不捨。
緣起性空，永恆如夢。如許爛漫，卻也如許荒涼的，不就是紅塵嗎？

來了，又走了，人面桃花，終歸寂寥，捨不得的，
卻是那場深入靈魂的相知相遇。
惟願緣起不滅。

❁

沒有人是不可以失去的，只是當時放不下，也害怕放下。

❁

美好的時光不再，悲傷的時光也不會重來，
當下的悲喜終會飛逝，時間對任何人都是公平的。
珍惜當下的相聚、相依與相愛，惟有這一刻是真實的。
悲傷的時候，告訴自己，就連悲傷也是會過去的。

❁

當青春的日子逝去，你會懷念當時的自己，
你帶著對時光的嘆息說：「要是能回去多好啊！
但是，要擁有現在的智慧，不再犯下那些愚蠢的錯誤。」
可是，青春就是會犯傻，那時候，哭泣是因為無助和氣憤，
就連擦著眼淚的手指頭也帶著幾分可憐的傻氣，
不像許多年後，當青春不再，哭泣是因為你嘗到了真正的悲傷。

青春過後，愛情也跟著消逝？

女人禁不起歲月的摧折，
浪漫最禁不起的也是時間，
兩者皆是不許人間見白頭。
可惜我們都是凡夫俗子，
明知道不許人間見白頭，
依舊貪戀它青春年少的一刻。
燭光晚餐、他花心思為妳做的一切、
那些甜到心碎的情話、讓妳鼻酸的感動……
不過是當下的浪漫，
女人卻還是需要這些微小的浪漫，
否則又為什麼要戀愛？

纏繞執拗的感情就只能夠留給青春嗎？
愛情並不是青春的特權，愛情就是青春。
愛與被愛的時刻，我們擁抱的就是青春。
當我們愛著一個人，當我們為愛受傷，
在無數長夜裡被思念
和美好的回憶苦苦折磨的時候，
我們突然就明白，
在愛情裡，每個人總是既年輕也年老。

世上到底有沒有魔法？
我們帶著飛奔的腳步走出青春年少的日子，
回首的一刻，
才發現惟有那飛逝的光陰才是魔法，
即使我們擁有三頭六臂也追不上。
我們沒有魔法，卻好像總能夠在回望的瞬間
看到一縷時光凍結在那兒，
如許深情，彷彿是時間的小鳥
披著金色的翅膀翩然飛落。
所以，我喜歡道別時會對我回眸的男人。

莫名傷心時，怎麼辦？

鬱悶的時候，看到攤子上燦爛飽滿的水果，我的心情也會好起來。
買幾個新鮮的桃子或是草莓，邊走邊吃，吃著吃著也就不那麼沮喪了。
把一切都丟開吧！多大點事兒？
活著並不敢奢望改變這個世界或是幻想這個世界會為我改變，
只是希望這個世界因為曾經有我而有點不一樣；
你的世界也因為曾有我相伴而比較幸福。

小王子說：「你知道的，一個人傷心的時候會想看落日。」
那麼，一個人覺得心很累的時候又會想看什麼？
會不會也是天邊的落日餘暉？漫天的星星？遠方青翠的山巒？
自由飛翔的小鳥？寧靜的大海？無涯的穹蒼？
枝頭上的鮮花？家裡那張溫暖的床？抑或最想看到自己喜歡的人？

愛，爲什麼總帶來傷害？

愛海就是江湖。人在江湖漂，哪能不挨刀？我們闖蕩江湖，不是想要什麼絕世武功，只是貪求一個溫暖的懷抱，卻沒想到會全身筋脈盡斷。這血肉之軀，總共能挨幾刀？少年子弟江湖老，一生又有多少回，我可以為你含笑挨刀，壯懷激烈？

男人對女人的傷害，不一定是他愛上了別人，而是他在她有所期待的時候讓她失望，在她脆弱的時候沒有扶她一把，在她成功的時候竟然嫉妒她。這種種傷害，要怎麼說呢？一開口就想哭。

男人想要的權力與臣服和女人想要的愛與安全感，也都是欲望。欲望是苦的。惟有能夠超越種種欲望，才會找到真正的自由與快樂；那才是我們真正需要的。

愛情和宗教唯一最接近的地方，是它讓我們體驗到天堂與地獄。能給你天堂的那個人，也能給你地獄；逗你笑的那個人，也是害你流最多眼淚的。

曾經迷上無法保證的永遠？

為什麼不相信永遠？又為什麼要害怕說永遠？
一生有多長，永遠也就有多遠，它並沒有我們想像的漫長而遙遠。
無論曾經失望多少回，直到如今，聽到深愛著的那個人對我說永遠，
我還是會覺得甜蜜，還是願意賭上這一鋪，相信他是真心想做到。
生命中有那麼一刻，因為這兩個字而感到幸福，那就已經足夠了。

愛情使人忘記時間，時間也使人忘記愛情。
妳可以跟戀人一起而渾然忘記時間的存在，
只覺得相聚的時光飛快，分離的日子卻漫長。
然而，時光荏苒，季節變換，有一天，妳卻忘了妳曾經多麼愛這個人，
妳曾經多麼珍重他給妳的愛。

世上存在
最美麗的愛情嗎？

到底有沒有矢志不渝的愛情？有沒有永遠信守的承諾？
有沒有長相廝守、白頭偕老？
這是個我無法回答的問題。因為我不相信自己。
最美麗的愛情，也許真的只會在電影和文字裡出現。
只有這樣的愛情不需要面對心中的狂風暴雨。
它自己滿足自己，自己榮耀自己。

普魯斯特說：「唯一可能存在的天堂，是我們失落的那些天堂。」
可有時候還是希望有天堂的啊。
天堂不在我頭頂，而在我心中，
我得到過的愛、夢想過的夢想、笑聲與熱淚，不就是天堂嗎？
雖微小卻不遠，也許就在床榻之岸。

兩個人一起
就不孤單？

兩個人一起，就不孤單？

孤單有什麼不好啊？為什麼一定要跟另一個人形影相伴？
兩個人一起，不也是會有孤單的時候嗎？
可是，兩個人的孤單就是比一個人的孤單華麗些，
因為我知道，有一個人在等我。

誰能不死？我們卻或許可以死而不孤單。我那個風流成性的好朋友深信，到了那天，來為他送葬的舊情人會多如繁星。「那妳呢？」他問我。我？我希望至少會有一個男人為我哭泣，他會覺得曾經有我相伴終究是幸福的。他眼裡不捨的淚水就是滿天的繁星，在漫無邊際的漆黑中為我照亮了冥河兩旁那幽幽的堤岸。

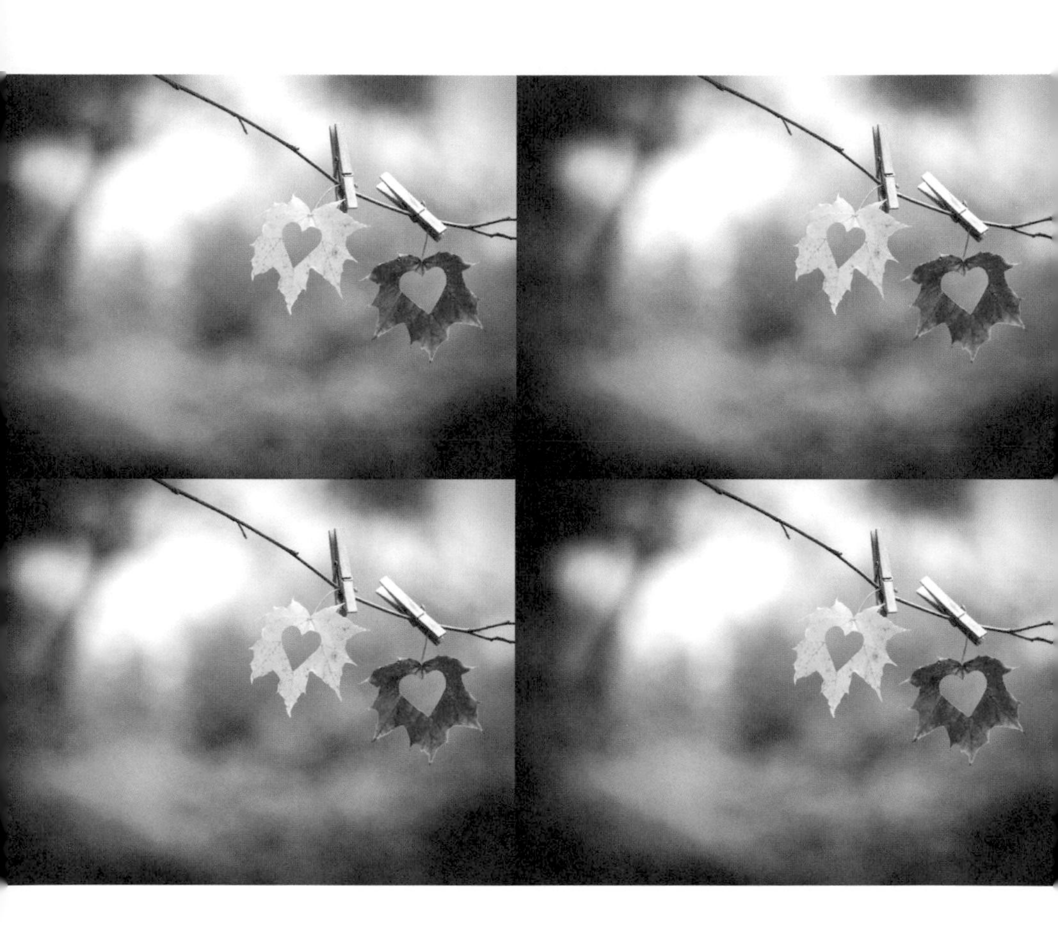

是執著，還是浪漫？

是執著，還是浪漫？

✿

假使有一個人一直追尋著無望的愛情、無望的目標與無望的夢想，我們會說他笨還是說他浪漫？是不是毫無希望就必須放下？然而，就在不懷抱任何希望的一天，回頭看到自己苦戀多時的那人臉上終於起了一陣波動；突然之間，所有的無望都是美麗的。只有最純真的人，仍會為毫無希望的夢想在心中保留一片天地。

✿

我們身邊不都有一個這樣的朋友嗎？他死心塌地愛著一個只有他覺得好的人，旁人完全無法理解那個人到底有什麼好。他到底是不是瞎了眼啊？然而，當我們笑話別人的時候，會不會也有人笑話我們？所有的情有獨鍾，不都是帶著幾分執迷不悟嗎？

有禁得起時間考驗的愛情嗎？

✿

時間是多麼弔詭的東西，
它使我們離不開彼此，它也磨滅了我們的愛。
不是曾經撕心裂肺地愛著這個人，甚至願意為他含笑飲毒酒嗎？
後來的一天，沒那麼愛了，不是出現了第三者，
而是那樣的愛漸漸被歲月消磨。

✿

一段愛情，兩個人成長。
無論是否能夠和你終老，那麼投入地愛過彼此，
流過那麼多的眼淚，我們都長大了。

如果他永遠離開這個世界，我會想著他多久？

當所愛的人驟然離世，那份傷痛是不會離去的，它會沉澱，會改變你。
傷痛過後，他會想你堅強地活下去，想你幸福地活著，
因為他知道，他也活在你心裡，成了你的一部分，是你的血肉。
你活得好，他才會好。
生於斯世，我們不都是旅人嗎？
他不會回來了；但是，你終歸會回去。

萬物有時，離別有時，相愛有時，花開花落，有自己的時鐘；
鳥獸蟲魚，也有感應時間的功能。
懷抱有時，惜別有時，如果永遠不肯忘記過去，
如果一直戀戀不捨，那是永遠看不見晴空的。

好好生活，學著過自己的日子，不讓寂寞打敗，就是對你最好的守候和思念。

世上有永恆的愛嗎？

世上有永恆的愛嗎？

有些女人牢牢抓住一個男人，有些女人牢牢抓住房子，有些女人牢牢抓住錢，卻不知道這一切都有一雙腳，是會走的。

男人會帶著愛情離開，房子會跌價，錢會失去。別人永遠拿不走，也沒有人能夠從妳身上拿走的，是知識。

可惜，我們好像從來不覺得需要牢牢抓住那些真正屬於自己的東西，並且要拚命抓得更多。

一個人要走過多少迂迴的路，白了多少頭髮，才能夠有一次徹底的領悟？才明白守護著財富和名譽、守護著掌聲，甚至守護著愛，也是苦的。

愛情一直也有它的週期，就像人生，無可避免要經歷生老病死。有沒有不死的人？你微笑搖頭，說不出的傷感。有沒有不死的愛情？你含笑憧憬，要是那麼幸運遇上一個對的人，能夠把愛情的週期延長、再延長，只看到它的春天，只看到飛鳥入林，看不到枯葉飄搖、鳥兒遠飛的那天，那就是贏了，那就是永遠。

他的離開，是世界的末日了嗎？

❂

不年輕了，我們會說年輕真好。
看到死亡，我們會說活著真好。
傷心失意的時候，卻說不出活著有什麼好。
然而，要是沒有活下去，
也就看不到人生的千迴百轉，
也不會知道曾經認為無法承受的痛苦是會過去的。
當你以為你的心已經荒蕪，它卻會出奇不意開出花來。
那一刻，所有的荒蕪都成了往事。活著就是君王。

❂

當所愛的人離世，那份傷痛往往也夾雜著悔恨，
你一再責備自己，為什麼要等到失去才知道他的好？
這一生，和他相聚的日子又為什麼如斯短暫？
要是你信佛，那麼，他是前世欺負過你，
今生來還你，債還了，也就可以走了，你也還給他眼淚。
要是你相信上帝，那麼，
人死後要去的地方，不見得不比活著的時候好。

若有來生，我們還是會相愛嗎？

✡

愛一個人一萬年，除非是可以輪迴再生吧。
若有來生，我們還是會相愛嗎？
若有來生，六道輪迴，下輩子不一定能夠做人，
也許我是在你腳邊廝磨的小狗，你會認出我來嗎？
若有來生，我倆也都輪迴做人，
可我並沒有像今生一樣遇上你，那會是怎樣的人生？
我是不是會過得容易些？
眼淚少一些；只是，笑聲也少一些。

✡

千百年來，病菌不斷變種，
為什麼有些人被奪去生命，另一些人卻能存活？
專家說，病菌找上你也許是它上輩子見過你，
知道在你身上變種對它最有利。
於是有一天，它翻山越嶺回來找你，你也身不由己地迎上去。

無數愛情故事不都是這樣嗎？
為何偏偏喜歡你？為什麼無可救藥地愛著你？
原來，你是我那宿世的病菌。

✡

曾經幻想，有一天，不做現在的我，變成另一個人，過另一種人生，愛上別的人，經歷另一些愛恨恩情與離別，體會另一種無常，再也不會遇上現在愛著的人，在另一種人生裡，和你成了陌路人，也許會相遇，卻永不相識。那會是怎樣的人生？要是過另一種人生，再也不會遇上你，是會比較幸福，還是不幸？

什麼是幸福？

彼此相愛，你的幸福也就是我的幸福。要是我們分開了，你的幸福，說不定是我的遺憾；我的幸福，也許是你的痛楚。幸福是荒廢的靈魂遇到愛的邂逅。幸福是沒有形態的。幸福是一種境界。

當你愛上一個人，也是幸福的開始……愛上了，以後或許會受傷，會有大大小小心碎的時刻；但是，一生有這麼一回，我愛你愛到不怕受傷，於焉足矣……

有的幸福會荒蕪，有的幸福始終溫暖。人生不就是這樣嗎？有的人你會一直喜歡，有的人你漸漸不再喜歡了。有的愛始終相守，有的愛無法善終。一切一切，都在告訴你塵世間的無常變幻與不可把握。

愛情？

什麼是愛情？

愛一個人，就是和他在一起的那份無言的感覺。是這份感覺勝過千言萬語，是知道今後有個人在身邊在心中在生命裡的踏實與幸福。這個人不是別人，只能是你，相顧微笑，伸手可及。這份親密超越了肉欲，直抵靈魂，駐守在彼此心底最私密之地，無言無語卻也無人可以不讓我們相守。

❁ 愛情可以很簡單，我很想和你在一起，你想的也跟我一樣。愛情可以很複雜，我很想和你在一起，你想的也跟我一樣；可我們就是不能在一起。

❁ 古人不是已經寫了嗎？千百年來，無出其右，就七個字：問世間，情是何物？至於到底是「直教生死相許」還是「不過一物降一物」？那是各自的際遇。假如是「不過一物降一物」，也許會有人問，此物在何方？這一生，會相見嗎？

如何才算是最深的愛？

❁

愛情有時候多麼像一股鄉愁？
你是那山那水，我說不出的喜歡，你是那片波光粼影，
在我孤獨的時刻朝我泛起一抹溫存的微笑；
那熟悉的微笑，在我飄泊的靈魂裡嫣然。
走過千山萬水，爬過斷崖與低谷，
沾上一身旅塵，衣衫都老了，只為了跟你遇見。
你就是我最想奔赴的故鄉，是我注定要依戀的那片鄉土。

❁

恨一個人，是滿懷傷痛，流著熱淚，渾身傷痕的。
只有如此深深愛著一個人，才會也恨他。

你相信
純愛
存在嗎？

愛本來就是單純的，不必在前頭加上一個「純」字。
所有的愛都是單純的，只是，有些愛情，
後來卻摻雜了許多現實的條件。
有一天，我們會懷念它曾經單純的時光和當天那個單純的自己。
夜闌人靜的時候，在心底最深處，
我們難道不明白愛是單純而樸素的嗎？
只是我們做不到。我們已經走得太遠了。

曾經那麼愛一個人，為他笑過哭過，為他掉過無數眼淚，為他捨棄了那麼多，到了沒那麼愛的一天，是惆悵呢？還是看到了人生的無奈？即使這時已經不年輕了，是不是在這瞬間看到了萬事萬物原來也像青春般虛妄而短暫？

愛情這東西，也許只有純真的人才會依然相信。不管我們經歷過什麼、受過多少傷害、跌倒過多少次，又失望過多少回，當我們站在所愛的人面前，彼此仍然可以保有心中的純真；至少有這麼一個人，讓我永遠相信純真的美好，那麼，即使要為你掉眼淚，也是幸福的。

如何贏得永遠的愛情？

如何贏得永遠的愛情？

漸漸老了，才明白愛情短命的本質，才知道倚賴愛情或是倚賴別人都是錯的。當愛變質，承諾也就變質。當你擁有愛情的時候，請盡量去珍惜它，學著去明白它跟一切無常的東西一樣，是會消逝的；惟有兩個人都知道珍惜的時候，它才會停留，而我們飛渡。只要活得比它長命，看不到它離開，那就是贏，那就是永遠。

做第一名快樂嗎？要是人生的各樣比賽總難免一敗，那麼，拿過第一名總比沒拿過的好。然而，當你拿到第一名，當你聽到歡呼的掌聲，當你被成功簇擁著的時候，不要忘記告訴自己：成敗、得失、掌聲……一切一切，不過是過眼雲煙。

LOVE

都幾歲了，
還相信愛情，
是不是很傻？

相信愛情的人，畢竟是年輕，也是浪漫的。我希望我永遠都還年輕去相信愛情，也夠老去接受愛情裡所有讓人失望的時刻。

所有過了三十歲的女人，都有一種嘆喟，要是擁有現在的一切：事業、愛情、智慧、見識、品味、人生閱歷和財富，但是只有二十五歲，那該多好啊！可惜，時光的青鳥永遠不會拍翅重來。

假使有個人一直追逐著無望的愛情、無望的目標與無望的夢想，你會說他笨還是說他浪漫？每個人不都追逐過無望的東西嗎？人為什麼那麼傻，去追逐無望的目標、去愛一個不愛你的人、去夢想那不可能的夢想？然而，我心中卻有一部分，如此嚮往破碎與糜爛，覺得所有的無望都宛如手中散落的星塵，美得使人心碎。

張小嫻，妳相信愛情嗎？

寫了那麼多關於愛情的，總不免經常有人問我：「妳相信愛情嗎？」要怎麼回答呢？沒有人會由始至終都相信愛情，也沒有人會由始至終都不相信愛情。

我們有時候相信，有時候卻流著熱淚否定它，告訴自己：「根本就沒有愛情！是我太傻！」

你問我是否相信愛情，我只能說，多數時候，我還是相信的。

國家圖書館出版品預行編目資料

談一場不分手的戀愛 / 張小嫻作.--初版.--臺北市：皇冠. 2013.7 面；公分
（皇冠叢書；第4223種）(張小嫻愛情王國；5)

ISBN 978-957-33-3004-2（平裝）

855　　102011536

皇冠叢書第4323種
張小嫻愛情王國 5

談一場不分手的戀愛

作　者—張小嫻
發 行 人—平雲
出版發行—皇冠文化出版有限公司
台北市敦化北路120巷50號
電話◎02-27168888
郵撥帳號◎15261516號
皇冠出版社(香港)有限公司
香港上環文咸東街50號寶恒商業中心
23樓2301-3室
電話◎2529-1778　傳真◎2527-0904
責任主編—盧春旭
責任編輯—許婷婷
美術設計—王瓊瑤
著作完成日期—2013年
初版一刷日期—2013年7月
初版四刷日期—2014年2月
法律顧問—王惠光律師

讀者服務傳真專線◎02-27150507
電腦編號◎537005
ISBN◎978-957-33-3004-2
Printed in Taiwan
本書定價◎新台幣280元/港幣93元

• 張小嫻愛情王國官網：www.crown.com.tw/book/amy
• 張小嫻臉書粉絲團：www.facebook.com/iamamycheung
• 張小嫻新浪微博：www.weibo.com/iamamycheung
• 張小嫻騰訊微博：t.qq.com/zhangxiaoxian